청어詩人選 454

봄이
오는
창문

안규례 시집

청어

봄이 오는 창문

안규례 시집

자서

나는 언제쯤 저 바다처럼
날치 같은 푸른 시어를
품어 안을 수 있을까.

허전한 시의 어창(魚艙)을 채우기 위해
미지의 난바다를 향해
오늘도 나는
노를 저어간다.

2024년 여름

안규례

차례

제2부 가을은 오는데

제3부 너의 뒷모습

제4부 아버지의 곶감

해설

봄이 오는 창문

제1부

봄이 오는 창문

봄이 오는 창문

커튼 사이로 스며든 햇살을 따라
베란다 창문을 엽니다

봄바람이 엇박자로 밀고 들어와
겨우내 잠든 화초들을
일제히 흔들어 깨웁니다

아직 정리되지 못한 옷들은
주인의 손에 이끌려
장롱 깊숙이 갇히고
가는 곳마다 졸졸 따라다니던 귀염이는
제 꼬리 물고 뱅글뱅글 돌다
햇살을 품고 졸기도 합니다

이렇듯 좁은 창문 사이로
햇살 한 줌 들어왔을 뿐인데
봄기운 닿는 곳마다
서툰 손길 안에 들어와 있는 것들이
내 안과 밖에서 꼼지락꼼지락
봄바람에 꿈틀대고 있습니다

입춘 어름

명절이 옥죄던 시간도 지나고
이제 막 입학을 앞둔 일곱 살 손주와
집 근처 정릉천을 걷는다

도심의 빌딩 숲 사이
봄으로 가는 바람은 아직 쌀쌀하지만
이제 막 눈 비비며 꽃눈을 준비하는
길옆 목련을 가리키며
아이는 연신 묻고 또 묻는다

할머니, 이 키 큰 나무는 이름이 뭐예요?
금방 꽃이 필 것 같아요
뾰족한 봉오리가 내 동생 고추 같은데요
오늘은 그림일기에
목련 가지와 햇님을 그려야겠어요
야호!

입춘은 그리 머지않지만
며칠째 한파 주의보가 내려진 오후
날 선 바람을 등지고 서 있는
여린 입에서 또랑또랑 아지랑이가
먼저 퍼져나가고 있다

사랑한 후에

밀면 미는 대로,
당기면 당기는 대로
수레처럼 기울어지던 마음
이제 다시 제자리로 돌리련다

우린 왜 토닥여야 할 등이
너무 멀기만 했을까

사랑으로 꽃피던 시간보다
외로움에 더 익숙해졌던 날들
눈 감으면 가을날 낙엽처럼
떠다녔던 시간들이 어른거린다

그래, 이제 그만 놓아주리
가거라,
이별 고하고 싶지만
사랑은 왜 뿌리 깊은 나무처럼
돌아보고 돌아봐도
보이지 않는 발치가 더 많은가

그리운 밤 지샌 날마다
아침노을 더 붉고
더디 오는 가을
저 은행나무 이파리는 지금도
찬란하기만 한데

잠이 오지 않는 밤

한때 희망이란 단어를 가슴에 새기며
눈 뜨면 내일을 기다리고
둥실 떠오른 태양만 봐도
빛나는 꿈을 노래한 적 있었지

내게 희망은 단꿈이었을까
며칠째 발이 부르트도록
거리를 헤매고 다녀도 치솟은 집값은
브레이크 고장 난 자동차처럼
나를 향해 달려오고
더 이상 비켜설 자리가 없다

세상의 불빛들 저리 눈부신데
이 거리에 부는 바람은
차갑기만 하고
희미한 별빛조차 낯설게 느껴지는 밤

저 강변도로 달리는 자동차들
강물은 말없이 우리 곁을 흐르고
바쁘게 날아가던 철새 몇 마리 낙하하고
지워져 흐르는 어두운 물결

내 집은 어디에 있나
이 도시를 떠나 철새처럼 날아가
그들이 쉬는 먼 곳에서
텃새가 되어 깃들고 싶다

향기는 창문을 넘고

창문을 열어 봐
흐음, 이 향기 아파트 뒷산에서
아까시 꽃내음이
온 동네를 덮고
집 안 구석구석 밀고 들어와
나의 침실까지
향수를 뿌리고 있잖아

꽃향기에 들떠
내 안에 피어오르는 하얀 꽃잎들
가슴 활짝 열어젖히고
즐겨 입는 흰 셔츠,
헐렁한 바지를 찾아 입고
향기 날리는 저 숲길 따라
종일 걸어도 지치지 않겠다
세상사 복잡한 일들
그냥 그대로 접어두고
잠시 향기에 취해도 좋겠다

같이 걷는 친구 하나 없어도
쓸쓸할 것 같지 않은 봄날 오후,
향기는 창문을 넘고
마음은 숲을 날아간다

적막

그해 겨울은 동굴처럼 어둡고 깊었다
잎 떨어진 가지 사이로
바람 소리조차
아랑곳하지 않는 밤이 오면
세상에 없던 적막이 자유를 쓴다

올망졸망 어둠의 꼬리를 물고
사방에서 모여드는 별들
오늘도 밤의 창가에
별빛은 수북이 쏟아져 내리는데

나뭇잎 부서지는 소리가 차고 쓸쓸하다
불현듯 이순이 가까운 나이가
환영처럼 스쳐간다

불 꺼진 밤은 온전히 나만의 것
엎치락뒤치락
혹 파고들어 온 외로움도
스스로 날개를 접는 시간

네가 손 뻗어 닿지 않는 마음
잠시 접어두고
적막을 향해 물음표를 던져본다
멀리 불빛의 숲을 뚫고
구급차 달려가는 소리가 들린다

봄바람

겨우내 자를까 말까,
자를까 말까
시간만 저울질하던 머리를 잘랐어요
평생 질끈 동여매고 다니던
치렁치렁했던 긴 머리
날 선 가위질에 숭덩숭덩
잘려 나간 머리카락은
미처 보내지 못한 겨울이었나 봐요

미용사 손에 쥔 쓰레기통은
온갖 잡다한 것들과 분별없이 섞여
생각 없이 머리카락도 삼켜버리네요
덮인 허물 벗어내듯
아직 털어내지 못한 해묵은 것들도
봄바람에 날려 보내야겠어요

하르르 낙화하는 연분홍 꽃잎처럼
한결 가벼워진 몸
일상을 잠시 던져버리고
근처 공원이라도 나가봐야겠어요
이러다 봄바람 들겠어요

봄소식

입춘 지나 지금은 우수
앞질러 간 조바심은
언제나 기다림을 부추기지

새들도 낡은 둥지를 수리하고
앵두나무 감나무 가지마다
물이 올라
담장 너머 햇살도
엄마가 갓난아기 젖을 주듯
집집마다 나눠주고 있잖아

봄소식은
이제 막 기지개를 켜는데
웅크리던 마음 더 성급해
마음이 먼저
골목길을 달려나간다

오월의 아침

쑥국, 쑥국, 쑥국
숲에서 막 일어난 새소리가
잠자던 내 귀를 열고
눈멀었던 낙원을 밝힌다
아침 햇살에 물비늘처럼 반짝이며
춤추는 검푸른 잎새들

봄내 향기를 토해낸 나무들
푸른 수액이
심장의 혈류처럼
종횡무진 온산을 질주하고
작년에 베어낸 갈참나무 상처도
곁가지가 돋았다

바람이 닿는 곳마다
아카시 꽃향기는 온몸을 휘감고
아, 나의 전성기는 갔지만
묵정밭 내 몸에도
수혈받고 싶은 저 숲의 피

아픈 관절마다 나무의 피가 돌고
푸른 가지가 돋아
새들이 목청껏 노래하는
숲이 되면 좋겠다

아침 산책

나가자, 오동 그린공원으로
비 그친 자리 꽃을 밟고 선 신록이
점령군처럼 온 산을 뒤덮고 있다

바윗등에 앉아 내려다본 산
오월의 햇살 속으로 주체할 수 없는
초록 물결이 톡톡 튀는 젊음처럼
싱그럽게 번져온다

산허리 지나 위아래서
살랑살랑 불어오는 명지바람
삐걱거린 나무 계단을 타고
오르내리는 사람들 곁에
나도 따라 걷는다

가까운 인기척에도 놀라지 않는
청설모 노니는 길섶에
솜털 보송하게 핀 노루귀, 괭이눈
작년에 피었다 진 꽃들

한 생이 잠시 계절을 돌아갔다가
그 길목을 따라
다시 돌아왔구나

오동 숲속도서관

숲속 산책로 따라
도서관 가는 길은
빈 가슴 채우러 가는 길

길목마다 크고 작은 나무들이
풀어놓은 풋풋한 향기
톡톡 튀는 젊음이 무릉도원입니다

지즐, 지즐 따라온 새들도
벤치에 앉히고
팔 벌려 안아보는 숲은 우리 모두의 것

상상의 날개를 달고
누구라도 시인이 되고 싶은 숲
나란히 서로 어깨 기대어
꽂힌 책들을
새소리로 읽어주고
나붓대는 바람으로 들려줍니다

창가에 서서

장맛비 온다
진종일 끊어졌다 이어지는
굵은 빗줄기
아파트 마당은 시절 만난
초록 잎이 밀려와 젖고
괜스레 누군가 올 것 같아
베란다 유리창에 긋는
빗물 닦으며
간간이 휴대폰을 들여다본다

시장기는 슬슬 밀려오고
한 시절 지겹도록 먹었던
빗줄기 같은 국수나 만들어 볼까

냉장고 속 이제나저제나
나오길 기다리는
애호박 숭숭 썰고
양념장 끼얹어 먹다 보면
조금은 외로워졌던 시간들
삶은 국숫발처럼 부드러워지겠지
얽히고설킨 마음도
가지런해지겠지

밖에는 여전히 비, 비, 비…

상강

잠시, 아주 잠시 한눈판 사이
저만치 멀어져가는 가을

창문을 여니
유리알 같은 맑은 하늘 아래
북쪽을 향하는 날아가는
철새 떼의 뒷모습이 허전하다

고삐 풀린 망아지처럼
마냥 풀어 놓았던 시간들
아직도 발목을 끌어당기지만
오늘은 더 늦기 전에
첫서리가 내리기 전에
가벼운 마음으로
들길 한번 걸어 봐야겠다

구절초, 쑥부쟁이, 개망초
안부를 묻고
은행나무, 신갈나무, 플라타너스
단풍 들어 떨어진 잎들에게도
안부를 물어야겠다
이 가을 떠나는 모든 영혼에게
작별 인사라도 나누어야겠다

광릉 수목원의 여름

햇볕도 나뭇가지 끝에서 재잘거리고
피톤치드 힘차게 내뿜는
숲의 농밀한 유혹
가던 길 멈추고 돗자리 펴고 싶다

숲이 내어주는 들숨과 날숨의
싱그러운 향기
검푸른 초록이 산들바람을 안고
뛰어노는 숲에 들면
지나온 길도 한때 쓸쓸했던 기억도
온통 물컹거리는 녹색 빛으로 젖어 들고

나뭇가지마다 터져 나오는 혈기
푸른 능선 쉼터에 앉아
쏟아져 내린 새소리 들으며
초록 물 뚝뚝 떨구고 선 나무들 보면
여름날 숲은
먼 어느 날 꽃처럼 피어나던
내 젊은 시절이다

가을 산

바람이 실눈을 감고
곁자리를 내어주는 햇볕 좋은 날
광릉 수목원 길 걷다 보면 어느새
풀잎 마르는 소리가 들린다

발끝에선 상기되어
떨어져 내린 이파리들이
혼신을 다하여 갈색빛으로
바스락, 바스락 낙엽 밟는 소리를 낸다

붉고 동그란 등을 가진
무당벌레 한 마리 잠에 취해 엎드린
풀숲을 지나
바람이 닦아 놓은 길을 따라가면
벌써 맨몸으로 서 있는 나무들이
허공에 사선을 긋고 있다

단풍잎 켜켜이 쌓이듯 세월은 가고
지난 시간들이
머릿속에서 낙엽처럼 흩날린다

손 닿지 못하는 감나무 가지 위
겨울을 맞이하는 까치밥 하나
먼 초가집,
밤에 켠 등불 같다

제2부

가을은 오는데

가을은 오는데

창밖 그치지 않는 빗줄기처럼
예서제서 울어대는 귀뚜라미 소리
붉게 휘청거렸던 팔월이
며칠째 내린
빗속으로 지나가고 있다

어느새 한 해도 반으로 접혀진 허리
시간은 가속 페달을 밟듯
빗줄기 속으로 사라져 간다

문득 산책길 모퉁이 돌아 만난
이 여름, 봉숭아꽃이 반갑다
예쁘다, 예쁘다
봉숭아꽃물 손톱 위에 올려놓고
바라보며 설레던 얼굴들
아직 저만치 웃으며 다가오는데

그 시절 동심에 젖던
한 해의 빗길 지나 우두커니 비켜선
낡은 우산 하나,
가을 앞에서 문득 서럽다

월곡역에서

월곡역 동덕여대 오거리 진각종 앞
화단 가득 피어난 백일홍
오랜 친구처럼 낯설지 않은 꽃

한 걸음 더 가까이 다가가 들여다보면
바람이 스칠 때마다
쓰러질 듯 휘청거려도
모래알 같은 꽃잎의 마음은
더욱 깊어지는 듯
붉게 타오른 저 꽃무리

세찬 비바람 속 견디는 말 없는 눈빛
누굴 저리 오래 기다리고 있을까
내 생애 단 하루라도
누군가를 기다리며
저렇게 열렬히 뜨거워 본 적 있었던가

늘어진 가지 여린 꽃잎 만지며
무심히 돌아서는 발길
꽃에도 마음이 있어
빗속에서도 수줍고 붉다

잃어버린 손

- 조양방직 까페에서

그 손들은 어디로 갔을까
까마득히 잊고 살았던
먼지 앉은 추억들이
서로 정답게 모여 쳐다보고 있다

먼 기억 속에
묻혀버린 물건들이 세상 귀퉁이에서
제 몸 닦아 윤이 나지만
벽에 걸린 괘종시계와
아버지 노름빚에 팔려 왔던
가난한 손들이 매만지던
녹슨 재봉틀이 먼저 눈에 들어온다

밤낮없이 어머니 손끝으로
꿰매고 이어 붙이던
그 시절의 가난
아직도 재봉틀 돌아가는 소리
자장가처럼 들려오는 듯한데

기름치고 먼지 닦고
잠을 뜯어내며 솔기 박던
그 고운 손들은 어디로 갔을까
가까이 다가서 어루만져 보지만
먼 그리움만 밀려와
떠나는 발길을 붙잡는다

아침의 소리

새벽을 깨우는
앞마당 은행나무 가지에 날아든 새들
쩍 쩍 쩍, 지지배배
저들만의 몸짓과 지저귐으로
시작되는 아침은 소리로부터 온다

부엌에서 들려오는 소리가
딸가닥 딸가닥 식구들을 깨우고
남편의 와이셔츠 깃에도
아들내미 이른 식탁에도
시도 때도 없이 짖어대는 애완견에게도
달라붙는 소리

하루를 맞이하러 간
바쁜 소리가 빠져나간 방마다
문을 열어젖히면
아무렇게나 벗어던지고 간
옷이며 수건 이불 속까지 파고든
깨알 같은 소리

아침부터 돌아가는 세탁기 속에서도
거실을 지나가는 청소기도
지지배야! 지지배야!
고향의 옛친구들이 부르는 것 같아
운동장에서 고무줄넘기 하며
입을 모아 나를 부르는 것 같아

비에 갇히다

몇 날 며칠 오락가락하는 비
오늘도 울안에 갇히듯
빗줄기에 갇혔다

빈 접시들 꺼내놓고 엎치락뒤치락
괜스레 내리는 비를 탓하다
하나님 탓하다가
문득 갇힌 자의 마음을 엿본다

발길 뚝 끊긴 거리
자유로움을 비상하던 새들은
둥지에 갇히고
길고양이는 계단에 갇히고
가로수 아래 버려진 의자도
담소 나누던 할머니들도
비에 갇혔다

창문을 여는 것이 자유고
닫는 것이 구속이라면
자유를 누린다는 건 호사가 아닌
경계를 갖는다는 것

이 비 그치고 나면
새들도 지저귀겠지
두루마리처럼 친친 감긴
나의 일상도 잠시 풀어져
구름처럼 가벼워지겠지

시장에 간다

시장에 간다
지하철을 버스로 갈아타고
시장 입구에서 내리자
축축이 젖은 마음도 잠시
북적이는 사람 사는 냄새가 먼저 달려든다

김이 나는 좌판마다
노릇한 빈대떡, 어묵, 순대, 떡볶이
바라만 봐도 군침 돌지만
바쁘게 오가는 사람 속 지나면서도
꾹꾹 눌러 잊어버리면 그만일 텐데
자꾸 그날의 일이 스친다
말이란 소통되지 않으면
멍든 가슴 서로 후려칠 수도 있는 법

북적이는 인파 속,
올 사람 아직 보이지 않고
오늘은 좌판 앞에서
서러운 마음 안주 삼아 주거니 받거니
막걸리 한 잔 기울인다
누군가를 용서하고 싶은 날
나는 시장에 간다
후끈, 달아오른 좌판이 된다

여기가 꽃대궐

그동안 시기를 저울질하던
모임 날짜가 잡혔다
이런저런 일상을 뒤로하고
집을 나선다
구름 한 점 없는 하늘
모처럼 만난 말간 햇살이
아직 끝나지 않은
코로나 팬데믹을 잠시 잊게 한다
앞질러 가는 설렘을
마스크 속으로 꾹꾹 감추고
약속 장소에 도착하자
처음 보았지만
처음 본 것 같지 않은
반가운 얼굴들
두 팔 벌려 끌어안을 순 없어도
모두가 정겹다
긴 테이블 사이
마주 앉아 음식이 나오고
한 두잔 술잔이 오가며
안부가 오가는 웃음꽃 속에
드디어 봄이 왔다
시의 꽃이 펑펑 터지는
여기가 꽃대궐이다

봄날의 수다

함께 탁구 치고 밥 먹고 까페라떼를 마신다
코스처럼 이어진 하루가
덩굴처럼 늘어지고 있는 골목 카페
다시 찾아온 꽃샘추위를 밀어내며
커피 향 속으로 스며드는 말, 말들

요즘 최고점을 찍고 있다는
강남 아파트 몇 채를 사고팔기도 하다가
전날 저녁부터 텐트를 치고
줄을 서야 내 것이 될 수 있다는
루이 비통과 샤넬 구찌 가방
명품의 신발과 옷들이
서로의 입안에서 품귀현상을 빚고 있다
무르익은 수다들이 제자리를 벗어난다 싶으면
창밖 목련과 산수유가 말꼬리를 잡으며
봄 향기 속으로 치맛자락을 끌어당긴다

오후 4시, 달콤한 수다가 정점을 찍을 즈음
울리는 전화 한 통
순간 유명 브랜드는 간 곳 없고
서로 얼굴을 쳐다보며
서둘러 자리를 털고 일어서는
세 여자의 하루

마장리의 겨울

옥죄던 일상 벗어 던지고
오전 운동이 막 끝나자
배고픔을 웃음으로 채우며
우리 일행이 달려간 마장리 호숫가

운 좋게도 하늘엔 구름 한 점 없고
바람 잔잔한 호숫가
저 멀리 산 골짜기마다 쌓인 잔설
유리알처럼 맑은 공기
우리는 눈앞에 열린 풍경을 담으며
도란도란 얘기하며 걷는다

얼음 위 음표처럼 떠 있는 물오리 떼
간간이 유영하고
호수를 가로지른 출렁다리가
설핏 지나는 바람에 흔들리지만
겨울 호수는
이파리 떨군 나무들의 정적까지 껴안은 듯
깊은 침묵이 가장자리까지 묻어온다

정지된 화면을 깨우듯
건너편 숲에서 두루미 한 쌍 날아들지만
미동 없는 저 물결
오늘은 우리들 수다까지 쏟아내고 가니
마장리 겨울 호수의 밤은
살얼음 위로 더욱 별빛 초롱하겠다

운주사에서

입춘은 지났으나 아직은 시린 날씨
서로의 온기를 나누며
추억이 그리운 일행과
삼동(三冬)의 끝자락 밟으며
목포행 열차로 운주사에 간다

구부러진 마을 길 지나 경내에 들어서자
눈 코 입 머리를 버리고
줄줄이 늘어선 미륵부처들
저들도 시끄러운 세상에
눈 감고 귀 막고 싶었을까
크고 작은 돌부처들이
바위에 기대어 묵상하고 있다

잠시 경내를 서성이다
풍경소리 따라 와불을 뵈러 간다
영구산 기슭에 천 년을 누워
떠나간 옛사랑처럼
그리운 부처님

오늘은 돌아갈 길 지워버리고
칠성 바위에
북두칠성 불러 앉히고
저 부처님 사이에 나란히 누워
천 불이 될까, 천 탑이 될까
까무룩 잠들어 천 년을 살까

겨울, 감국(甘菊)을 보며

투명한 햇살도 버거워라
대비리 밭둑길
얼마 전까지 피어 향기롭던
그 감국들은 어디로 갔나
날마다 세레나데 불러주던 새떼들은
또, 어디로 날아갔나

모두가 떠난 황량한 벌판
구름만 쉬다간 하늘 아래
긴 목을 빼고
바람 부는 쪽으로 온몸 기대어
가장 낮은 곳에서
가장 높은 곳까지 바라봐도
겨울 울타리로 서 있는 나무들

또 한 계절이
오늘과 내일을 밀고 당기며
남긴 흔적들 지워가고 있다

바람이 아무렇게나
들판을 휘젓고 다니는
12월의 끝자락
나는 또 무엇을 그리워하며
마른 감국처럼 남은 계절을 건너야 하나

효창공원에서

세상은 아무 일 없는 듯
무심히 돌아가는데
고요히 잠든 그대들이여
당신들의 간절한 뜻
꽃으로 피어난 듯
발길 닿는 곳마다 겨레의 꽃 무궁화
선연하게 붉다

어깨동무하듯 나란히 누운 봉분
굽힐 줄 몰라 더욱 서글픈 이름들
나는 몸을 낮추고 숙이며
안중근, 윤봉길, 이봉창, 백정기,
한 분, 한 분 당신들 이름 불러 본다

내가 저 암울한 시대에 살았다면
당신들처럼 온몸 바쳐
이 몸 던질 수 있었을까
참배하고 돌아서는 길
어디선가 날아온 꽁지깃 긴
새 한 마리
그분들 발자취 일깨워 주듯
봉분을 콕콕 쪼아대다
멀리 점이 되어 날아간다
푸른 하늘이 뭉게구름을 밀고 간다

아아, 열사흗날의 일
어찌 내 즐기어 하였으랴
- 융건릉 가는 길

오월의 말간 햇살을 품고
융건릉 가는 길
내 안은 왜 이리 어두운가

너울너울 차창 밖 풍경은
저리도 편안한데
관광버스는 벌써
소나무가 호위하며 서 있는 융릉을
내 눈에 밀어 넣고 있다

뒤주에 박힌 대못이 삭아
먼지가 되고
아버지를, 아들을 향한 그리움이
가슴을 저민다

자식 묘지석(墓地石) 짓던 아비는
세상이 사랑으로 열린다는 것을,
천 년 사직도 인륜이라는 것을
왜 몰랐을까
천륜이란 말 씹고
또 곱씹으며
버스는 달려 목적지에 닿았는데

정자각 비켜선 융릉 앞에
늙은 아비 가슴 치는 소리,
저 멀리 조선의 뻐꾸기 울음
아직 그치지 못하고
화산(華山)으로,
화산으로 가슴 치며 밀려온다

화단으로 간 동백

또 한 해 다가오는 봄은 새롭고
문밖은 나무들 세상
겨우내 거실 안에서 갇혀 지내다
아파트 화단으로 이사 간 동백
더 깊숙이 뿌리 내리겠네

갇혀있던 시절 밀어내고
더 멀리 더 높은 곳으로
윤기 나는 이파리 펼쳐 보이고
잠시 쉬어간 새들
횃대처럼 가지도 내어주며
꽃등도 밝히겠네

따뜻한 햇볕 등지고
점점 검붉어지는 동백꽃 봉오리
머지않아 푸른 새벽까지
밤하늘의 별도 헤아리겠네

의릉에서

역사는 왕들이
꼬리에 꼬리를 물고 이어지는
긴 연결고리
밤마다 주문처럼 외던
역사의 한 페이지를 덮고
천장산 아래 고요히 잠든
당신을 뵈러 가는 아침이
길목마다 봄꽃으로 찬란합니다

비운의 꼬리표 달고 병약했던 몸
짧은 생을 마감한 당신의 얼굴이
참배객 속에서
자꾸만 스쳐 갑니다

입구에 들어서자
멀리 바라보이는 능침
하얀 비단 같은 안개 속 봉분 앞엔
보리수나무, 졸방제비꽃, 노린재나무가
먼저 불을 밝히고

홍살문 지나며 뒤돌아보는 길
먼 멧비둘기 울음소리
당신의 신음소리처럼 따라 나옵니다

제3부

너의 뒷모습

너의 뒷모습

마음 졸이던 시간이 가고
결혼 며칠 앞둔 아들의 방문을
살며시 열어 본다
뒤집어 털 것 하나 없는
붙박이장과 서랍장 침대를 치운
텅 빈 방

순간 헛헛함으로 밀려오는
그리움의 눈물
한때는 결혼해라
집 나가란 말을 입버릇처럼 했건만
마지막 소지품을 정리하는
아들의 뒷모습

사람의 든 자리는 몰라도
난 자리 표시는 금세 난다는
할머니의 말씀이 새삼 떠오른다

이 봄 가기 전에
혹여 새 식구라도 늘어난다면
더할 나위 없이 좋겠지만
현관문 수시로 드나드는 저 모습을
몇 번이나 더 볼 수 있을까
활짝 웃으며 집을 나서는
그립고 아련한 너의 뒷모습

3월

동백꽃 벙그는 다도해를 지나
굽이굽이 산 넘어온 바람이
이월의 꼬리를 밟고
봄의 창문을 열었다

아파트 단지 가로질러
향기 공원에
산수유꽃이 올망졸망
산새들 지저귀는 소리에
귀 기울이는 마음보다 먼저 오는 3월

바람은 닫힌 숲을 열고
땅은 풀어져
새싹들은 저마다의 이름과 표정으로
얼굴을 내밀고

며칠 전 초등학교 입학한 손주 녀석
제 몸뚱이보다 커다란 가방에
봄 햇살 같은 꿈 담뿍 담아
노란 꽃길 밟으며
즐거운 걸음으로 학교에 가겠다

개나리

예나 지금이나
가슴 설레게 하는 건 여전하구나
문밖을 벗어나면
문득 쏟아져 흩뿌려진 노오란 물감

사월 햇살 아래
봄바람을 끌어당기듯 낭창낭창 늘어트린
짧은 부리 긴 모가지
길바닥까지
노란 물결로 일렁인다

그 틈새에도 실바람은 일어
아련하게 퍼져나가는 아지랑이
노란 통학버스가 멈추고
우르르 내린
원복 입은 아이들

나리, 나리, 개나리 노래 부르며
그 골목 일렬로 지나가고 있다
줄지어 함께
개나리로 피어나고 있다

노란 버스를 기다리며

허둥지둥, 조금 늦었다,
곤히 자는 녀석들을 깨우고 달래
유치원에 보내고 올려다본
하늘빛은 낮고 흐리다
잠시 돌보던 아이도 잊은 채
한가로이 허공을 응시하다
집으로 들어서자
폭풍이 지나간 듯
복닥복닥 볶았던 시간들이 얽히고 뒤섞여
장마로 물 들어온 집 같다
투정하며 먹던 밥그릇,
흩어진 장난감
발 딛는 곳마다 밟히고, 채이고
아무 데나 벗어 던진 옷은
멋대로 늘어져 있다
잠시 망설일 틈도 없이
어질러진 집 쓸고 닦고 치우다 보면
어느새 오후 3시, 나는 또
분신 같은 나의 새끼들이 타고 오는
노란 버스를 기다리며
까치발로 가슴설레고 있다

작고 여린 것들이

언 땅에도 봄은 오는구나
텃밭 모퉁이
겨우내 덮어둔 마늘밭 부직포를 열자
애기 손바닥만 한 냉이가
먼저 고개를 내민다

저 작고 여린 것들이
혹한 추위를 견디고 눈길 가는 곳마다
푸른 등 하나씩 내걸었구나

아직 동구 밖은 목련 개나리
꽃들의 염문설만 자자하고
햇살도 바람도
나무에 안기지 못하고 있는데

긴 겨울 시린 눈발, 살 에이는 찬바람을
가슴에 품고 녹이며
가만히 얼굴 내민 너를
아지랑이도 반기며 춤추는구나

속초 가는 길

바람도 아직
숲의 빗장을 열지 못한 이월
속초에 간다
앞서거니 뒤서거니
아버지와 아들이 사이좋게 간다

눈앞에 화폭처럼 들어온 풍경은
바다와 계절이 뒤섞여
겨울인지 봄인지 알 수 없지만

시끌벅적 쌍둥이 같은 녀석들
그림책 읽는 입안에서
개나리, 산수유, 매화가 줄지어 피어나고
팔딱팔딱 개구리, 지렁이, 뱀과 공룡이
마구 기어 나와 뛰어다니고 있다

계절이 오고 갈 때마다 이제나저제나
얼마나 기다린 우리들의 봄날인가,
높새 바람길 오가는 내내
봇물처럼 터져 나오는 봄노래
오늘 이 길이
끝이 없다면 더 좋겠다

겨울, 꽃놀이

하늘은 찌푸리고 바람결 시린 오후
식탁 앞에 모여 앉은 세 여자가
꽃놀이 판을 벌이고 있다
창밖 눈이야 오든지 말든지
처음 배워보는 그림 놀이
점점 탄력이 붙는다
곁눈질도 슬쩍슬쩍

홍단, 목단, 싸리 순 꽃들이 봄날처럼 들어온다
고도리, 비 광, 똥 광, 묵고 싸고
무심코 내뱉는 말투가 쫄깃쫄깃하다
저녁 따윈 묻지 마라
삶이란 어차피 뺏고 뺏기는, 싸움판
아직도 패는 살아 있어
이미 깨진 똥 광을 쥐고도 무조건 GO고, GO고를
외치는 순간, 까르르 터지는 웃음소리

잠시 일상을 등지고
화투 놀이에 빠진 겨울 한때
어느새 벽시계가 어둑한 여섯 시를 지나가고 있다

그해 팔월
- 이석증

그해 여름 장마가 머무는 동안
나의 팔월은
줄곧 왼쪽부터 기울기 시작했다

이른 새벽 뒤척임에
귓바퀴에서 떨어진 작은 돌멩이 하나가
며칠째 세반고리관을 돌며
매미 소리 진동하는
팔월을 집어삼키고 있다

낯선 이 어지러운 현기증
누가 지구는 둥글다고 했던가
눈 감고 느껴지는 이 땅은
온통 낭떠러지뿐이다

무미건조한 구토는
오늘도 하루의 평화를 앗아가고
뒤엉킨 매미 소리마저 어지럽다

기나긴 빗줄기를 맨발로 건너는
그해 팔월,
여름이 겨냥한 섬뜩한 총구는
블랙홀보다 더 깊고
깜깜한 어둠이었다

개망초꽃

올해도 오봉리 들녘 가득
개망초꽃 피었다

학교 가는 길에도
물 주전자 들고 엄마
심부름 가는 길에도 피었다

꼬부라진 논길 따라
일렁이는 물결처럼
자르르 번져오는 개망초꽃 향기

한 움큼 꺾어 들고, 가위 바위 보
가위 바위 보 하며 놀던
입에 따서 물고
머리 위에 꽂고 놀던 꽃

친구들과 늦도록 놀다
엄마에게 쫓겨났을 때도
늘 옆에서 위로해 주던

한 시절 안부를 챙겨주는
그립고 먼,
내 마음 들녘에
개망초꽃 환하게 피었다

꿈꾸는 나무

빌라들이 밀집한 골목 끝 갈림길
대추나무 한 그루
보도블록 시멘트 바닥에 서 있다
양지보다 음지가 많은 틈으로
가끔 햇살은 비추지만
하늘로 향하지 못하고
줄기마저 휘어져 위태롭다

분재로 길든 나무는
그래도 가을이면 열매가 달린다
나는 그 길 지날 때마다
금방이라도 누군가 잘라낼 것 같아
낙타처럼 구부러진 나무 허리를
쓰다듬어 본다

어쩌다 이 먼 도시 빌딩 숲에
뿌리내리게 되었을까
시장 보고 돌아오는 길
오늘도 위태한 자리에서 무사한
하늘 향해 꾸부정한 대추나무와
눈인사를 나누며 집으로 간다

눈이 온다

눈이 온다
멀리 산 중턱에 내려앉은 하늘
팔랑팔랑 흰나비 떼 춤을 추듯 온다

밤새 창을 흔들던 바람은 자고
지나온 생의 무게를 비워내듯
바닥에 떨어지기 무섭게 녹아내리지만
설렘은 예나 지금이나 마찬가지

콧노래를 부르거나
흥얼거린 것도 아닌데
걷는 발자국마다 하고 싶은 말들이
지지배야, 기집애야, 왁자하게 찍힌다

소복한 눈 위에
꽃잎 같은 발자국 내리찍고 찍으며
뒹굴고 미끄러지며 만들던 눈사람
눈 코 입을 삐뚤게 붙여놓고
그 속에서 고꾸라지게 웃던
열세 살의 유년 시절,
지금 나는 그 어린 날 눈을 밟으며
숫눈 위로 걸어가고 있다

백로와 추분사이

하늘은 높아져
오패산 자락 건너온 바람이
여우 꼬리처럼
목덜미 휘감는 오솔길에
따가운 햇볕 등지고
산 그림자는 길게 돌아앉았다

결실 머금은 가지 위에 초록 잎
잘도 나붓대는데 오늘은
토실한 상수리 톡톡 뛰어내리는 소리만
계절의 문턱을 넘고 있다

지난 여름
손주 녀석과 놀던 이 자리에
산딸나무 이파리는 꽃 대신
단풍으로 달콤한 열매를 감추고 있다

곁눈질 바쁘게 주위를 경계하던
청설모가
잘 여문 상수리 열매로 허기 채우는
지금은
여름과 가을 사이
바로 백로와 추분 사이

새알심을 빚으며

오늘은
일 년 중 밤이 가장 긴 동지(冬至)
창밖엔 희끗희끗 눈발 날리고
아침부터 옛 추억을 생각하며
찹쌀가루 반죽 치대어
새알심을 빚는다

잘 치댄 반죽을 앞에 두고
믿거나 말거나
어릴 적 어머니 흉내 내본다
주문을 외듯
집안의 액운과 악귀를 쫓고
가족의 무병장수 기원을 담아
보름달처럼 둥글게 되기까지
빌고 빌어보는 손길
툭툭 빚어낸 소망이 쟁반에 가득하다

창밖엔 쌀가루 같은 눈이 내려 쌓이고
정성스레 걸러낸 팥물에
보글보글 끓는 동지팥죽
오늘은 오래된 친구들 불러
옛이야기 자분자분 되새기며
웃음꽃 가득 피워 봐야겠다

빈집

지난 겨울, 한해의 김장을 끝내고
깜빡 잊고 두었던 마늘을 깐다

신문지를 깔고 퍼질러 앉아
낱낱이 만져보지만
손에 잡히는 건 죄다 빈 집
자루, 밑바닥까지
뒤져봐도 건질 게 몇 개 되지 않는다

한여름 어머니가
손끝 닳도록 김을 매셨을 마늘밭
무엇에 정신이 팔려
여태껏 그냥 두어 빈집을 만들었을까

거푸집만 남아 버석해진 몸
주름 깊은 생의 내리막길
한 여자가 벗어 놓은 몸빼바지가
늦겨울 햇살에 바래가고 있다

화순 가는 길

먼 길 다녀올 준비를 한다
밤잠 설치며 진설한 차례상에 올린
제기며 음식 물리기도 전
철심(鐵心) 같은
남편의 원칙에 따라
허둥지둥 집을 나선다

간밤의 한기 가시지 않은 새벽
찬바람이 옷깃 여미게 하지만
광주 거쳐 화순까지
서두르면 언제쯤 되돌아올까
나도 모르게 불편하던 속내
차창 밖 풍경이 바뀔 때마다
남자 얼굴을 다시 본다

계절보다 빨리 세시(歲時)는 돌아오고
다시 찾은 길 또한 늘 그 자리
서로를 꿰맞추느라
잠시 말이 없던 시간
멀리 낯익은 산이 보이고
어느새 봄 햇살처럼
낭창낭창 풀어진 마음
봉분 앞에선 다시 하나가 된다

제4부

아버지의 곶감

아버지의 곶감

바람이 제멋대로 넘나드는
고향 집 행랑채
앞마당 가으내
주렁주렁 매달렸던 자식 같은 감이
백발이 되신 아버지의 손끝에서
다시 태어나고 있다

이제 막 솟구치는 젊음처럼
세상에 드러낸 잘 익은 맨몸
아버지는 떫은 자식들을
달포 남짓 우려내야 한다시며
하나씩 깎아 햇볕을 향해
차례대로 내보내 놓고

이제는 저 하늘의 몫이라고
곶감 되기까지
책임을 하느님께 맡기시고
헛기침으로 툭툭 자리 털고 일어나신다

입춘대길

1월과 2월 사이
겨울을 건너온 바람이
아직 봄을 향해 으름장을 놓지만
세월아 네월아, 뒷짐 지시고
앞서 걷는 아버지 따라
농협은행 가는 길

건너편 매실 밭
첫눈 뜨는 꽃눈 바라보시며
작년에 결혼한 둘째는
아직 애기 소식 없냐시며
불쑥 물으신다
네 아버지, 지금 입덧 중인걸요
지 엄마 닮은 예쁜 여자아이가
나왔으면 좋겠어요
거참 잘했다, 잘했어

입춘대길, 올해는 만사형통이겠구나
굽어진 허리 펴시며
손차양하는 흐뭇한 눈빛,
먼 산자락에 머무신다

어머니의 봄날

화투라면 아버지한테 신물이 나
화투 화자도 듣기 싫다던 어머니
요새는 화투에 푹 빠지셨다

봄 파종 시기 눈앞에 두고도
틈만 나면 동네 아주머니들 불러
화투판 벌이신다

주름 깊어진 나이에
뒤늦은 재미라도 찾으신 건지
패를 나누다 말고
바닥 패를 슬쩍 뒤집어 보다 들키면
사는 거 뭐 별거 있남,
뒤집어지는 게 인생이여!
깔깔깔 웃으시며
민화투 한판에 당신 생을
너그럽게 용서하신다

레이저를 쏘듯 돋보기 너머로
청단, 홍단, 초단 외치며
같은 패끼리 짝을 맞춰
잘도 물어 오신다
어쩌다 비광이라도 하나 들어오면
세상을 다 가지신 듯
슬쩍 입가에 번지는 미소

이제 막 나무들이 물오른 봄날
다보탑 동전 몇 개 밑에 묻어두고
어머니의 하루하루가
만화방창(萬化方暢), 꽃피는 봄날이다

가을밤

일손을 놓을 수 없다시며
올해도 두어마 지기 남짓
벼농사를 지으신 구순을 훨씬 넘기신 아버지

늦은 밤 텔레비전 앞에 앉아
요즘 치솟는 물가와
속절없이 떨어지는 쌀값을 비교하셨는지
속마음을 내보이신다

우리같이 흙 파먹고 사는 놈들은
죄다 죽으란 말이제
쌔가 빠지도록 일해봐야
뭔 소용 있나
밥은커녕 빌어도 못 먹겠다시며
아침에 드시고 남은
소주병을 잡아당기신다

연세를 잊고 집과 들녘을 오가시며
올해도 풍년이라고
쌀농사만큼은 대풍을 이뤘다고
마냥 좋아하셨는데

아직 추수가 끝나기 전
농협에 밀린 농자재값부터
걱정하시는 가을밤
구름을 스치는 달빛이 차갑다

봄비

할머니, 기다리던
비가 왔구만니랄
파밭에도, 감자밭에도
단비가 내렸지랄 잉?

내사 맛을 안 봤는디
쓴지 단지
우째 알것냐

할머니 웃음 속에
속살거리며 밤새 내리는
봄비

바짝 메말라
쩍쩍 갈라진 밭고랑마다
타닥타닥 비 긋는
저 소리만 들어도
참말로 오지구나

더, 환하다

홀로 고향 집 지키시던
억척 농사꾼 시어머니께서
봄꽃 피기 시작한 계절
세월에 무너져 내린 한쪽 어깨 늘어뜨린 채
아파트 담장 길
느릿느릿 걸어오고 계신다

봄볕에 그을린 얼굴
해마다 세청리 돈들메 바람에
검버섯만 키우셨는지
세월의 꽃은 뵐 때마다
볼 언저리에 훈장처럼 늘어나 있는데

퇴행성관절염 수술 며칠 앞두고
서울이라는 도시 큰 병원에
한 가닥 희망을 걸었을까
볼우물 깊은 입가 수줍게 피어나는
봄꽃 같은 미소가
이제 막 벙그는
목련 개나리 진달래 보다
더, 환하다

일 년 만의 외출

시골집에 홀로 계신 시어머니
모처럼 자식들이 예약해 놓은
식당에 가시기 위해
봄꽃 무늬 옷으로 갈아입으셨다

외출이라곤 이양장 말고는
전혀 하고 싶지 않다고
말씀하시던 어머니가
한 손에 지팡이 짚고
등짐에는 손수 지으신
밭작물 가방 가득 넣으시며
"내 나이 90이 넘었는디,
여적 죽도 않고 살아서,
느그덜 성가시게 허지야, 잉
고생했다, 그 먼 데서 오느라 고생했다"시며
유월 느긋한 햇살 속으로
한 발, 한 발 내딛는 걸음이
날아갈 듯 가볍다

"좋으세요? 어머니 그렇게도 좋으시냐고요?"
장난삼아 간간이 던지는 말에
"좋다, 좋다 마다야,
내 속으로 나온 자식이 다 모였는디,
이보다 더 좋은 일 어딨것냐"

어머니 신명 난 말장단에
찔레꽃 향기도
목을 빼고 바라보던 개망초꽃도
덩달아 추임새를 보태며
저만치 앞서가시는 나들잇길

다시, 봄날이다

무릎 관절 수술받고
며칠 전 퇴원하신 시어머니가
왕벚꽃 진분홍빛 꽃길 사이로
걸어보는 봄날이다

상기된 얼굴 꽃 물든 볼에
가끔 입맞춤하며 내리는 꽃잎들
연거푸 밀어내시며
따박따박 걸어가는 뒷모습이
이제, 막 나뭇가지 끝마다
잎눈 틔운 봄날이다

연둣빛 피어오른 길목에
아흔을 넘긴 세월도 잊은 듯
아이처럼 반짝이는 눈빛

꽃무늬 잠바 소매 둘둘 걷어붙이고
이제 고향 집 내려갈 날
손가락 꼽으시며
어깨춤으로 신나는
비켜라, 다시, 봄날이다

참꽃

사월 봄바람 일어
막 학교 갔다 돌아온 언니를 졸라
곰치재 참꽃 따러 가던 날

막냇동생 등에 업고
부리나케 쫓아온 어머니 목소리는
참꽃보다 더 붉게
온 산을 불 질렀다

말만 한 가시내들이
워쩐다고 곰들이 우글거린 소굴까지 들어가
애간장을 태운다냐,

이놈의 가시내들아,
내 눈에 참꽃은 너그들이여!
언제나 철이 들거나 참말로

물감 퍼지듯
천지가 붉은빛으로 가득한데
빈 바구니 들고
어머니 뒤만 졸졸 따라가던 그해 봄
언니와 나는
어머니의 참꽃이었다

박하사탕

어스름 저녁
밤 열차를 타고 친정을 간다
마음만 먹으면
언제든지 갈 수 있는 거리
이 핑계 저 핑계 미루고 미루다가 길을 나선다

차창 밖으로 스치는 밤바람은
차고도 시린데
종착역 가까워질수록
봄 햇살처럼 다가오는 얼굴
한 푼이라도 아껴야 산다고
먼 거리 오가는 것도
극구 말리시는 어머니

인생의 뒤안길에서
바람에 대문 삐걱이는 빈집에 웅크리고 앉아
어디쯤 오고 있냐고 아이처럼 보채시는
전화기 너머 목소리가
가는 길 내내 옹이처럼 박힌다

멀리 한눈에 들어오는 불빛
동네 어둠 속의 풍경들은 모두 낯이 익는데
박하사탕 한 봉지에
아이처럼 빙그레 웃는 당신이
낯설기만 하다

보름달

지금도 가끔 아침 귓전에
쌀독 바닥 긁는 소리
이명처럼 맴도는데

저 보름달은
차가운 어둠 하늘 쟁반에 담겨
쏟아질 듯 빛나네

피고 지는 꽃마저
서럽던 보릿고개 시절
무명옷, 헤진 고무신 기워 신으시고
새벽을 깨우시던 목소리

공이는 삭아 없어지고
돌확에 비친 보름달
물끄러미 바라보다
불러보는 이름
어머니!

못 말리는 어머니

농사는 그만 짓겠다고
작심한 듯
작년 가을, 창고 깊숙이 보관해 둔
농기구를 다시 꺼내
호미와 삽자루를 당신의
유모차에 싣는다

힘든 걸음으로 골목을 빠져나와
가파른 언덕 숨차게 오르시며
이놈의 숨이 끊어져부러야
연장을 놓제…
그러기 전에는
안 된다 안 된다시며
감자밭 고랑으로 들어가신 어머니

아프다던 다리는
언제 그랬냐는 듯
거침없이 움직이는 저 손길
힘들다 힘들다 하면서
저런 힘이 어디서 솟구치실까
어머니 손길 닿는 곳마다
잡풀들이 한 움큼씩
아우성이다

구절초

마른 수숫대마다 바람이 웅성이는
겨울 초입
허수아비조차 졸고 있는
빈 들판에
홀로 서 있는
구절초 한 송이

산다는 건
애 터지는
그리움의 동행일까

손전화기 목에 걸고
이제나저제나
자식들 소식 기다리는
늙으신
나의 어머니

고향 생각

이제나저제나
감자꽃 지길 기다리시던 어머니
칡넝쿨 우거진
서릿재 넘어
싸목싸목 감자 캐러 가시겠다

장마 오기 전
서둘러 캐야 한다시며
허리띠 질끈 동여매고
신새벽부터 종종걸음치시겠다

아파트 창가에
질펀하게 뻐꾸기 소리
찾아드는 한낮

금방이라도 시큼한 열무김치에
감자 한솥 쪄놓고
돌담장 너머로
얘들아, 부르실 것 같다

윤이월

아직 풀잎은 새초롬하고
봄바람은 코끝을 시리게 하는데
윤달과 함께 온 이월은
구순을 훌쩍 넘긴 아버지를 소환해
순흥 안씨 찬성공파 일가
조상님들 묘지를 깨우고 있다

예를 먼저 갖추고
묵직한 포클레인이
젖가슴처럼 봉긋한 두 개의 봉분을 열자

서서히 드러나는
할머니 할아버지 유골
정답게 그 자리, 오랜 시간 편안하셨는지
뼈들이 가지런하고 반듯하다

죽음이 다시 돌아오는 건 아니지만
죽은 자도 마중 나오고
서로 배웅할 수 있다면 얼마나 좋을까

눈앞에 어른거린 봄은
가지마다 초록으로 가득한데

한 줌 뿌려진 따듯한 햇살 아래
그저 말없이
지켜만 보고 계신 아버지의 얼굴에
저녁노을이
뜨겁게 지고 있다

동백이 피는 마당

동백꽃을 유난히 좋아하신
어머니
솜사탕 같이 내려앉은 봄이
마당 귀퉁이까지
밀고 들어오자

땅바닥에 댕강댕강 떨어져 내린
동백꽃 한 송이 주워 들고
푸념하신다
이 꽃 좀 봐라,
수명 다한 이 꽃을 봐,
산다는 거 참말로 덧없어야,
별거 아니랑께,
내 나이 열여덟에 시집와 벌써 몇 해를 살았냐,
이제는 죽을 일이 태산 가터야!

어머니 나직한 중얼거림에도
자꾸만 떨어져 흩어지는
동백꽃,
동백꽃,
봄이 오는 마당은 동백꽃 천지

봄날을 기다리는 동심(童心),
그 무구(無垢)의 서정

김경호(시인)

봄날을 기다리는 동심(童心),
그 무구(無垢)의 서정

김경호(시인)

사람이 나이가 들어도 어린 시절 주변에서 늘 선한 영향력을 받으면서 살아온 성정은 잘 변하지 않는다. 젊은 시절부터 늘 반듯하고 빈틈이 없이 살아왔을 것 같은 한 시인의 시를 읽는다. 안규례 시인의 두 번째 시집인 『봄이 오는 창문』은 시인이 성장했던 고향 화순을 떠나, 번잡한 대도시의 삶을 살면서 소박한 가정을 꾸리고, 자식들을 훌륭히 길러, 출가시키며 필부(匹婦)의 삶을 살아온 한 여성 시인의 삶이 온전히 녹아들어 있다. 손 아래로는 보살피고, 손 위로는 늘 대접하는 일이 당연한 것으로 생각하며 살고 있는, 이 땅의 마지막 세대. 이 거칠고 황량한 시대를 살면서도 시의 끈을 놓지 않고 정성 들여 가꾸어 온 시의 텃밭. 때로는 시대를 달관한 듯한 시편들을 대하며 필자는 우선 마음이 편안해지고, 시인의 자서에서도 밝힌 바와 같이 정직하고 소박함에 믿음이 간다. 누구나 아픔과 시련이 없는 인생이 있을까마는 어떤 상황이 닥쳐와도 담담하게 받아들이고, 슬기롭게 대처하는 우리네 여인들의 저력으로 이 시대를 씩씩하게 살아내고 있는, 이제는 회갑을 넘긴 나이에 좀 더 편안해진 시인의 발자취를 따라가 보자.

올해도 오봉리 들녘 가득
개망초꽃 피었다

학교 가는 길에도
물 주전자 들고
엄마 심부름 가는 길에도 피었다

꼬부라진 논길 따라
일렁이는 하얀 윤슬
자르르 번져오는 개망초꽃 향기

한 움큼 꺾어 들고, 가위, 바위, 보
가위, 바위, 보하며 놀던
입에 따서 물고
머리 위에 꽂고 놀던 꽃

친구들과 늦도록 놀다
엄마에게 쫓겨났을 때도

늘 옆에서 위로해 주던

한 시절 안부를 챙겨주는
그립고 먼, 내 마음 들녘에
개망초꽃 환하게 피었다

―「개망초꽃」전문

　변변히 가지고 놀 장난감도 없던 시절, 여름이면 시골
에서는 지천으로 널려 피어 있던 개망초꽃. '계란꽃'이라
고도 부르며 소꿉놀이하던 꽃을 보고 시인은 어린 시절
을 보낸 고향 마을 '오봉리'의 "개망초꽃" 피던 시절을 회
상한다. 천천히 걸으면 지각할세라 바쁘게 "학교 가는
길"에도, 땀 뻘뻘 흘리면 "물 주전자 들고 / 엄마 심부름
가는 길에도" 피던 개망초꽃. "친구들과 늦도록 놀다 /
엄마에게 쫓겨났을 때도 / 늘 옆에서 위로해 주던" 꽃. 이
제는 고향을 떠나 먼 도시에서 바쁘게 살고 있지만 "그립
고 먼, 내 마음 들녘에" 꽃을 따며 놀던 추억 속에 그 꽃
은 언제나 마음속에 피어 있다. 우리 민초들은 누가 주목
하지 않아도 계절이 바뀌면 어김없이 피어나는, 저 '개망
초'처럼 면면히 이어져 살아온 것이 아닌가. 있는 듯 없는
듯 우리 주변에서 저절로 피어나 돌아온 계절을 알리며
반기는 꽃. 무리 지어 피어나 바람에 흔들리는 개망초꽃
무더기는 어쩌면 결코 꺾이어도 다시 피어나는 우리 민중

의 상징적인 꽃이기도 하다. 우리 모두의 어린 시절, 잊고 살았던 아득한 고향의 추억을 소환하는 아름다운 시여서 더 정감이 가는 시편이다.

우리 대부분의 도시인은 고향을 떠나와 타향에 살고 있는 존재들이다. 도시로 이주하여 각박한 환경에 적응하고 살아가면서 화자의 처지를 빗대어 대추나무 한 그루를 바라본 시를 보자.

빌라들이 밀집한 골목 끝 갈림길
대추나무 한 그루
보도블록 시멘트 바닥에 서 있다
양지보다 음지가 많은 틈으로
가끔 햇살은 비추지만
하늘로 향하지 못하고
줄기마저 휘어져 위태롭다

분재로 길든 나무는
그래도 가을이면 열매가 달린다
나는 그 길 지날 때마다
금방이라도 누군가 잘라낼 것 같아
낙타처럼 구부러진 나무 허리를
쓰다듬어 본다

어쩌다 이 먼 도시 빌딩 숲에
뿌리내리게 되었을까
시장 보고 돌아오는 길
오늘도 위태한 자리에서 무사한
하늘 향해 구부정한 대추나무와
눈인사를 나누며 집으로 간다

—「꿈꾸는 나무」 전문

　도시의 서민들이 많이 사는 빌라촌. 그곳에서 만난 "대
추나무 한 그루"는 더 특별하다. "보도블록 시멘트 바닥"
뿐인 땅. "양지보다 음지가 많은 틈"으로 가끔 비추는 햇
살로 연명하지만 "줄기마저 휘어져 위태롭다"는 표현은
대도시 주변에 사는 소시민의 위태로운 세상살이를 은유
하고 있다. "어쩌다 이 먼 도시 빌딩 숲에 / 뿌리내리게
되었을까"처럼 자의든, 타의든 정착한 자리에서 적응할
수밖에 없는 대추나무가 안쓰러워, 시장 보러 오가는 길
에 화자는 "쓰다듬어"보고, 심지어 "눈인사"를 나누며 오
가고 있다. 마음대로 오갈 수도 없는 식물인 나무 한 그
루지만, 지극한 마음으로 바라보는 시인의 진심이 느껴
지고, 화자 개인에서 대도시에서 변두리에 밀려 살아가는
'서민들의 삶'으로 시선이 확산되는 은유의 전개이다. 그
리고 비록 우리가 떨어져 홀로 외롭게 '대추나무'처럼 척
박한 환경에 살고 있지만, 누군가 "외로운 대추나무"를

'바라봐 주고, 눈인사'라도 나누어 준다면, 그 마음을 알수 있다면 힘을 얻게 되고, "꿈"을 꾸게 될 것이다. "낙타처럼 구부러진 나무 허리"같은 각박한 대도시 생활이지만 우리 주변 가난한 이웃을 따스한 눈길로 다시 한번돌아보게 하는 아름다운 시편이다.

한 가정을 가꾸고 기쁜 일, 쓸쓸한 일들을 겪으며 화자는 나이가 든다. 나이가 드는 만큼 슬하의 자식들은 어린 새가 성장하여, 어미 새가 지은 둥지를 떠나듯, 독립하게 마련이다. 겉으론 독립, 결혼으로 자식을 향해 성화를 부렸지만 "텅 빈 방"과 "아들의 뒷모습"을 바라보는 '어머니'인 화자의 속마음은 만감이 교차한다. 다음의 시는 장성한 자식의 '분가'를 바라보는 화자의 마음이 "너의 뒷모습"으로 다가와 가슴으로 감동이 전해오는 잔잔한 파문이 있다. 아래의 시를 보자.

마음 졸이던 시간이 가고
결혼 며칠 앞둔 아들의 방문을
살며시 열어 본다
뒤집어 털 것 하나 없는
붙박이장과 서랍장 침대를 치운
텅 빈 방

순간 헛헛함으로 밀려오는

그리움의 눈물
한때는 결혼해라
집 나가란 말을 입버릇처럼 했건만
마지막 소지품을 정리하는
아들의 뒷모습

사람의 든 자리는 몰라도
난 자리 표시는 금세 난다는
할머니의 말씀이 새삼 떠오른다

이 봄 가기 전에
혹여 새 식구라도 늘어난다면
더할 나위 없이 좋겠지만
현관문 수시로 드나드는 저 모습을
몇 번이나 더 볼 수 있을까
활짝 웃으며 집을 나서는
그립고 아련한 너의 뒷모습

―「너의 뒷모습」 전문

   묵묵히 소지품을 정리하는 자식의 입장에서도 쓸쓸
한 마음이 없기야 하련만, 비어가는 텅 빈 방을 바라보며
"순간 헛헛함으로 밀려오는 / 그리움의 눈물 / 한때는 결
혼해라 / 집 나가란 말을 입버릇처럼 했건만 / 마지막 소

지품을 정리하는 / 아들의 뒷모습"을 물끄러미 바라보며
화자는 '속울음'을 삼키고 만다. "현관문 수시로 드나드
는 저 모습을 / 몇 번이나 더 볼 수 있을까" 대목에서는
독자들에게 아련한 슬픔을 느끼게 해주는 시이다. 이렇
듯 안규례 시인의 시편들에서는 쉽게 읽히면서도 문장 뒤
에 배어 있는 촉촉한 습기를 지닌 시편들이 여러 곳에서
발견하게 된다. 그 '아련한 습기(속울음)'가 안규례 시인의
서정의 농도를 대변하는, 그녀만의 장점이 되기도 한다.

그렇지만 헤어짐의 아쉬움도 잠시 결혼한 아들은 이내
세상에서 가장 고귀한 선물인 '손자'를 데리고 와서 화자
에게 안겨주게 된다. 아래의 시는 화자가 손자를 돌보는
설레는 마음이 녹아 있다.

　　허둥지둥, 조금 늦었다,
　　곤히 자는 녀석들을 깨우고 달래
　　유치원에 보내고 올려다본
　　하늘빛은 낮고 흐리다
　　잠시 돌보던 아이도 잊은 채
　　한가로이 허공을 응시하다
　　집으로 들어서자
　　폭풍이 지나간 듯
　　복닥복닥 볶았던 시간들이 얽히고 뒤섞여
　　장마로 물 들어온 집 같다

투정하며 먹던 밥그릇,
흩어진 장난감
발 딛는 곳마다 밟히고, 채이고
아무 데나 벗어 던진 옷은
멋대로 늘어져 있다
잠시 망설일 틈도 없이
어질러진 집 쓸고 닦고 치우다 보면
어느새 오후 3시, 나는 또
분신 같은 나의 새끼들이 타고 오는
노란 버스를 기다리며
까치발로 가슴설레고 있다

ー「노란 버스를 기다리며」 전문

유아원이다, 유치원이다, 학원이다, 학습지 선생님이
다… 요즘의 어린아이들은 쉴 틈이 없다. 손자를 돌보는
바쁜 일상이 더해진 화자의 마음을 노란 통학 버스에 실
어 보내고 맞이한다. "발 딛는 곳마다 밟히고, 채이고 /
아무 데나 벗어 던진 옷은 / 멋대로 늘어져 있다 / 잠시
망설일 틈도 없이 / 어질러진 집 쓸고 닦고 치우다 보면
/ 어느새 오후 3시, 나는 또 / 분신 같은 나의 새끼들이
타고 오는 / 노란 버스를 기다리며 / 까치발로 가슴설레
고 있다" 하루 일상의 대부분을 손자 뒤치다꺼리에 바치
지만, 화자는 오늘도 설레고 있다. '노란 버스'에서 내려

활짝 웃으며 화자를 향해 할머니 하며 달려와 안길 아이를 생각하면, 어질러진 집안을 정리하던 하루의 피로도 싹 잊게 되리라. 내가 낳은 자식을 키울 때보다, 손자를 돌볼 때 그 마음이 더 애틋하다 하지 않는가.

남성에 비해 여성들은 유난히 '날씨'와 '계절의 변화'에 매우 민감하다. 날씨를 챙기며 하루를 시작하고, 세탁기를 돌리고 빨래도 널고…. 봄이 어디서 오는지, 어디에 꽃이 피고 지는지 훤히 다 꿰고 있다. 이 시집의 제목이기도 한 아래의 시를 보면

커튼 사이로 스며든 햇살을 따라
베란다 창문을 엽니다

봄바람이 엇박자로 밀고 들어와
겨우내 잠든 화초들을
일제히 흔들어 깨웁니다

아직 정리되지 못한 옷들은
주인의 손에 이끌려
장롱 깊숙이 갇히고
가는 곳마다 졸졸 따라다니던 귀염이는
제 꼬리 물고 뱅글뱅글 돌다
햇살을 품고 졸기도 합니다

내 안과 밖에서 꼼지락꼼지락
봄바람에 꿈틀대고 있습니다

—「봄이 오는 창문」전문

아직 창밖에 부는 바람은 냉기가 가득하고, 보이지 않지만 화자는 '봄기운'을 감지하고 베란다 창문을 열어젖힌다. 꼭꼭 닫힌 겨울을 열고, "봄바람이 엇박자로 밀고 들어"오는 이른 봄이다. 겨울 내내 성장을 멈추었던 화초들에게도 "봄바람"을 쏘여준다. 두꺼운 옷들만 잔뜩 걸린 옷걸이를 정리하고 봄옷들을 꺼내보며 이리저리 집안, 방방 마다 봄바람을 들이고, 돌아보는 사이 애완견도 따라다니다 낮잠이 드는 한낮의 평화롭고 봄을 맞이하는 설레는 풍경을 정감있게 묘사하고 있다. 날마다 창문을 열어젖히며 봄을 맞이하고, 봄바람을 기다리는 화자의 시심이 녹아 있다.
아래의 시에서는 날씨를 극복하는 시인 나름의 지혜가 느껴진다.

장맛비 온다
진종일 끊어졌다 이어지는
굵은 빗줄기

아파트 마당은 시절 만난
초록 잎이 밀려와 젖고
괜스레 누군가 올 것 같아
베란다 유리창에 긋는
빗물 닦으며
간간이 휴대폰을 들여다본다

시장기는 슬슬 밀려오고
한 시절 지겹도록 먹었던
빗줄기 같은 국수나 만들어 볼까

냉장고 속 이제나저제나
나오길 기다리는
애호박 숭숭 썰고
양념장 끼얹어 먹다 보면
조금은 외로워졌던 시간들
삶은 국숫발처럼 부드러워지겠지
얽히고설킨 마음도
가지런해지겠지

밖에는 여전히 비, 비, 비…

―「창가에 서서」 전문

장맛비 오는 창가를 바라보는 여유를 갖게 된 화자는, "괜스레 누군가 올 것 같"은 조바심으로 "베란다 유리창에 긋는 / 빗물 닦으며 / 간간이 휴대폰을 들여다"보는 동안, '옛 시절' 가난하던 때를 떠올리며, 김이 무럭무럭 오르는 "빗줄기 같은 국수나 만들어 볼까" 생각한다. 한 가정을 지키는 여성으로서 외로웠던 일상의 마음을 달래고 있다. 지루한 장맛비는 그칠 줄 모르고, "냉장고 속 이제나저제나 / 나오길 기다리는 / 애호박 숭숭 썰고 / 양념장 끼얹어" 뜨거운 국물 홀홀 마시며 먹다 보면, "조금은 외로워졌던 시간들 / 삶은 국숫발처럼 부드러워지겠지 / 얽히고설킨 마음도 / 가지런해지겠지"라고 위안하고 있다. 어디 우리 삶의 하루하루가 그리 녹녹하던가. '서운하고 마음 아팠던 일들이 있다면' 뜨거운 국물과 국수 가락을 먹으며 달랠 일이다.

겨울을 맞이하는 가을 들판은 황량하고 쓸쓸하다. 가을날 햇볕 따스한 곳에서 무리 지어 피어나던 들판의 수많은 야생화들. 일상에 쫓기며 살아가는 우리가 눈길 한 번 주지 않아도, 야생의 꽃들은 피어나 열매를 맺고, 가을이면 겨울 혹한을 이겨낼 준비를 하고, 봄이면 저 아래 땅속에서부터 다시 물이 흐르고 깨어난다. 아래 "겨울 감국(甘菊)"을 바라보는 시선은 그래서 더 특별하다.

투명한 햇살도 버거워라

대비리 밭둑길
얼마 전까지 피어 향기롭던
그 감국들은 어디로 갔나
날마다 세레나데 불러주던 새 떼들은
또, 어디로 날아갔나

모두가 떠난 황량한 벌판
구름만 쉬다간 하늘 아래
긴 목을 빼고
바람 부는 쪽으로 온몸 기대어
가장 낮은 곳에서
가장 높은 곳까지 바라봐도
겨울 울타리로 서 있는 나무들

또 한 계절이
오늘과 내일을 밀고 당기며
남긴 흔적들 지워가고 있다

바람이 아무렇게나
들판을 휘젓고 다니는
12월의 끝자락
나는 또 무엇을 그리워하며
마른 감국처럼 남은 계절을 건너야 하나

—「겨울, 감국(甘菊)을 보며」 전문

겨울을 맞이한 "대비리 밭둑길"에서 만난 겨울 감국. 비록 메마른 가지에 마른 꽃들이 아직 떨어지지 않고 붙어서, 서늘한 바람에 흔들리지만, 아직은 '감국 향기'가 은은하게 남아 있는 꽃. 가을날엔 군데군데 무리 지어 피어나던 "감국". 온통 무채색에 가까운 겨울 들판에서 화자는 향기롭던 계절을 추억하지만 사방은 온통 '겨울'이 점령하고 있다. "얼마 전까지 피어 향기롭던 / 그 감국들은 어디로 갔나 / 날마다 세레나데 불러주던 새 떼들은 / 또, 어디로 날아갔나"라며 겨울 서정을 노래하고 있다. "나는 또 무엇을 그리워하며 / 마른 감국처럼 남은 계절을 건너야 하나"라는 대목에서는 혼자 들판을 걸으며, 바쁘게 지나간 한 해를 회상하는 화자의 '허망함과 쓸쓸함'이 느껴진다.

시대가 변하면서 우리들이 사용하는 '입말'도 변하고 있다. 충청도, 경상도 전라도, 제주도 등 아직 이런 지역에서는 지역 특유의 고향 말씨가 남아서 통용되고 있다. 매스 미디어 시대에 서울 지역 말씨가 '나라의 표준말'로 교육되고 일방적으로 쓰이지만, 아직 우리들의 부모님 세대는 그렇지 않다.

우리가 쓰는 말은 나고 자란 지역, 세대, 성별, 속한 집단 등에 따라 공통성을 중심으로 그 언어 체계를 구분할 수 있다. 이것을 방언이라 하는데 방언 중에서 어느 한 지역에서만 쓰는 지역 방언을 흔히 사투리라고 한다. 예전에는 사투리 사용을 웃음거리 삼거나 '고쳐야 하는 것'으로 인식하는 경우가 많았는지만, 최근엔 유튜브·인스타그램 등 소셜미디어를 중심으로 사투리를 소재로 한 다양한 콘텐츠가 인기를 끌고 있으며 대중들과 만나며 사투리의 가치를 되새기자는 움직임이 늘고 있다. 그럼에도 불구하고 최근 국립국어원의 '국어사용 실태 조사'에 따르면 표준어 사용자가 지속해서 증가한 반면, 지역어 사용률은 감소 추세에 있다고 한다. 경상도 사투리를 쓴다는 사람의 비율은 약 23%로, 전라도 사투리를 쓴다는 사람은 10% 정도로 해마다 감소했다고 한다. 그 지역 사람들이 살아온 자취와 흔적, 역사임에도 불구하고 사투리를 쓰는 사람이 점점 줄고 있어 방언의 다양성과 소중한 가치를 인식하고 보전할 필요가 있다고 생각된다.

남도 고향 말씨가 인상적인 아래의 시를 보자.

할머니, 기다리던
비가 왔구만니랄
파밭에도, 감자밭에도
단비가 내렸지랄 잉?

내사 맛을 안 봤는디
쓴지 단지

우째 알것냐

할머니 웃음 속에
속살거리며 밤새 내리는
봄비

바짝 메말라
쩍쩍 갈라진 밭고랑마다
타닥타닥 비 긋는
저 소리만 들어도
참말로 오지구나

—「봄비」 전문

　할머니와 손녀가 기다리던 "봄비"가 내리는 것에 대하여 대화를 나누는데, 마치 곁에서 정겨운 대화를 주고받는 듯하다. 손녀가 "단비가 내렸지랄 잉?"이라고 동의를 구하는데, 할머니는 능청스럽게 "내사 맛을 안 봤는디 / 쓴지 단지 / 우째 알것냐"라고 농으로 너스레를 떨고 있는 장면에서는 빙그레 웃음이 절로 난다. 마지막 연에서 "저 소리만 들어도 / 참말로 오지구나"라는 표현은 그 어느 단어를 대신하여 그 '매혹적인 뉘앙스'를 대신할 수 있겠는가. 이 시집 제4부에서는 구수한 남도 고향 말씨가 풍성하다.「가을밤」,「일 년 만의 외출」,「참꽃」,「못 말리는 어머니」,「구절초」,「동백이 피는 마당」등 시편 곳곳에서 찰지고 정감 있는 남도 사투리를 구사하는 시편을 만날 수 있다.

화투라면 아버지한테 신물이 나
화투 화자도 듣기 싫다던 어머니
요새는 화투에 푹 빠지셨다

봄 파종 시기 눈앞에 두고도
틈만 나면 동네 아주머니들 불러
화투판 벌이신다

주름 깊어진 나이에
뒤늦은 재미라도 찾으신 건지
패를 나누다 말고
바닥 패를 슬쩍 뒤집어보다 들키면
사는 거 뭐 별거 있남,
뒤집어지는 게 인생이여!
깔깔깔 웃으시며
민화투 한판에 당신 생을
너그럽게 용서하신다

레이저를 쏘듯 돋보기 너머로
청단, 홍단, 초단 외치며

같은 패끼리 짝을 맞춰
잘도 물어 오신다
어쩌다 비광이라도 하나 들어오면
세상을 다 가지신 듯
슬쩍 입가에 번지는 미소

이제 막 나무들이 물오른 봄날
다보탑 동전 몇 개 밑에 묻어두고
어머니의 하루하루가
만화방창(萬化方暢), 꽃피는 봄날이다

―「어머니의 봄날」 전문

봄날이다. 농촌에서 농한기에 '가장들의 심심풀이'가 '노름판'이 일이 커지게 되어 전답이 노름판에 잡혀지는 경우가 종종 있었을 것이다. 아마, 시인의 아버지께서도 '노름판에서 아픈 추억'이 있었나 보다. "화투 화자도 듣기 싫다던 어머니"도 이제는 연세가 들어 동네 아주머니들에게서 배운 '꽃놀이(화투)'에 푹 빠지셨나보다. "사는 거 뭐 별거 있남 / 뒤집어지는 게 인생이여!" 하시며 박장대소하시는 모습이 눈에 선하게 다가온다. 화투를 배우다 보면 저 뒤집어진 "바닥 패"가 얼마나 궁금했던가. 위의 시는 '십 원짜리' 동전이 오가는 화투판에서 소일하시면서 "뒤집어지는 인생의 묘미"를 설파하시는 모습은 정겹기까지 하다. 세상살이 고단하고 힘들어도 언젠가 '반전의 기회'가 있으니 결코 낙담하거나 좌절하지 말라는 교훈일 것이다.

> 또 한 해 다가오는 봄은 새롭고
> 문밖은 나무들 세상
> 겨우내 거실 안에서 갇혀 지내다
> 아파트 화단으로 이사 간 동백
> 더 깊숙이 뿌리 내리겠네
>
> 갇혀있던 시절 밀어내고
> 더 멀리 더 높은 곳으로
> 윤기 나는 이파리 펼쳐 보이고
> 잠시 쉬어간 새들
> 횃대처럼 가지도 내어주며
> 꽃등도 밝히겠네
>
> 따뜻한 햇볕 등지고
> 점점 검붉어지는 동백꽃 봉오리
> 머지않아 푸른 새벽까지
> 밤하늘의 별도 헤아리겠네
>
> ─「화단으로 간 동백」 전문

안규례 시인은 '봄날을 기다리는 시인'이다. 사계절 중에서 봄은 언제나 새로운 희망을 노래하게 한다. 만물이 소생하는 봄, 그 만물과 함께 숨 쉬며 살아가는 우리는 그토록 기다리는 봄이 없다면 살아갈 희망이 없을 것이다. 아파트 베란다에서 겨우 생명을 유지하고 있는 '동백나무'를 아파트 화단으로 옮겨 심으며 화자는 봄을 기다리고 있다. 비좁은 화분에서 제대로 뿌리를 뻗을 수 없어 "갇혀 지내다 / 아파트 화단으로 이사 간 동백"을 향하여 시인의 시심은 자연스럽게 봄을 찾아간다. 푸른 하늘 아래서 마음껏 가지를 뻗고, 지친 새들의 날개도 쉬게 해주는 넉넉한 마음으로 "횃대처럼 가지도 내어주며 / 꽃등도 밝히겠네"라고 노래하고 있다. 그뿐인가, "머지않아 푸른 새벽까지 / 밤하늘의 별도 헤아리겠네"라고 동백이 맞이할 새봄을 희망가로 불러내고 있다.

안규례 시인의 이번 시집 『봄이 오는 창문』의 시편들은 편안하고 정겹게 독자의 가슴으로 다가온다. 이 시집의 시편들은 속삭이듯, 때로는 혼잣말처럼 들리지만 세상을 바라보는 긍정적인 시선과 새로운 계절을 맞이하는 설렘과 환희로 가득 차 있다. 시심 가득한 맑은 눈으로 자신의 삶을 성찰하며, 평범함을 오묘함으로 바꾸는 그녀만의 독특한 서정. 그래서 이 시집에는 계절의 변화를 경이로운 신명으로 풀어내는 소박하지만 아름다운 발견의 기쁨이 가득한 시편들이 즐비하다. 그래서 이 시집을 정독

하다 보면 참신한 발상과 아름다운 상상력을 느끼게 될
것이다. 앞으로도 안규례 시인의 시를 향한 변치 않는 열
정과 자기만의 개성으로 독자의 가슴으로 스며드는 시편
들로 더욱 정진, 발전하기를 기대하며, 눈 밝은 독자들의
일독을 권한다.

봄이 오는 창문

안규례 지음

발행처   도서출판 **청어**
발행인   이영철
영업   이동호
홍보   천성래
기획   육재섭
편집   이설빈
디자인   이수빈 | 김영은
제작이사 공병한
인쇄   두리터

등록   1999년 5월 3일
         (제321-3210000251001999000063호)

1판 1쇄 발행 2024년 8월 30일

주소   서울특별시 서초구 남부순환로 364길 8-15 동일빌딩 2층
대표전화 02-586-0477
팩시밀리 0303-0942-0478
홈페이지 www.chungeobook.com
E-mail   ppi20@hanmail.net

ISBN   979-11-6855-270-8(03810)